かかしの詩

梶原 遼
Ryo Kajiwara

文芸社

かかしの詩

目次

序

轍に連なるおうとつの迷路
岐路にさしかかった直前
戦歌の合唱が轟き響き渡る
間違いない、これは恐怖だ!!
鼓舞する幾重もの精神のどよめき
ぐるりに設置された無言の扉
絶望を神経に染みこませるとってに今手を
扉をばああああああんと開ける
そしたら、ぴゅふふふうと
きんきんの冬がかけ込む
四季は宇宙と連結しながらすべてに色をぬる
十本の指を大きく広げて、肩から二の腕
つま先まで、血がかけめぐる
脇腹にこびりつく鳥肌を罵った後
ひたむきな叫びを狂気じみた朝に
ばらまいた、きゃっほおおおおおおい!

混乱

石の壁の一部を削りとって
その粉々になった破片をふりまいてやる
電柱が輪になり孤独を囲み
電光がしたたる空間に座りこむ
そこかしこに潜むとるにたりない廃棄物に
両眼を一点に集中させ、人間は全部曇る

回転椅子に腰かけ、小さな紙片に雑言を！
机にて躍る右手の鉛筆は白紙上を滑る滑る
独り言が背筋を渡り、単車を押す
婆さんの耳にまで……
その時、時計の針は夜の7時48分をさした
黒光りの上空に真下の色彩は
常に反旗をかかげる
右足の親指の爪の白い部分につまる
アカの如く、奴らは身動きもとれない

田舎者

樹海の片隅に立つ魔術師
道化の犬は怯えるしかない
観客に笑う気は皆無である
冷視に戸惑いただうずくまるだけ
過去は未来に唾を吐きつけてしまう
苦しみも無知も最後には開き直る風

正体不明の田舎者、
逃げてばかりじゃつまらない
まだまだ続く四季の巡りと地球の回転
小さな島国、黄色人種の猿真似根性
灰色の壁に寄りそう、それは正体不明の影
足跡は下る階段から汚い街にまで
そこで人は何をするのか、何が出来るのか
いつかは登場する招かれざる、馬鹿
観客に笑う気は皆無である

冷視をかわし、ただつまずかない様
演ずる人、そこにあり

大都会の行進

電車の腐った胸糞悪い音を両耳に進む
行き先なんてない、だって浮浪児だから
群衆の中に混じった国籍不明の外人めが
この国に何の用だ⁉
何か犯罪を企んでるんじゃないだろうな？
女……有象無象の醜美の肉欲が渦巻いて
男は、ひたすらに視線をむずむずさせる

大都会
大都会の中で死んで生きよう
腹の空いた残りかすだらけの情熱で
今日もいつもの如く死んでるんだ！
笑うがいいさ、だって餓鬼だから
薄暗い街燈のすき間をはうように
家路をさぐる……
瞳が捉える人間の移ろいに心は凍る

あの四角い建物共に
見下されながらじゃ腹立たしい！
金を拾え、路上の吸いがらに
唾を吐きかけやがれ
同志……馬鹿者達の放蕩を、
勝手なさまを知れ
都会よ……はきだめの圧迫に
翼も夢も死んだ

大都会の中で死んで生きよう
腹の空いた残りかすだらけの情熱で
今日もいつもの如く死んでるんだ！
笑うがいいさ、だって餓鬼だから

戦争

やめるべきは血を流し傷つくことではなく
我らの道を封じること
見たくもないビルの山や
戦闘機が空を闊歩するさま
兵士の銃弾を浴びた人間の痛みも
草木と動物たちの心の叫びも
どの世界にも必要ない泥沼だ
笑顔のない日はただ自然の色と
同化すればいい……
あなたは泣きたければ泣けばいいのだ
悲しめばいい
傷つけばいい
苦しめばいい
そして生きてゆくことだ

とめるべきは前進と革命と破壊ではなく

命の灯を消しさること
聞きたくもない悪の声や
殺人鬼が花を蔑視するさま
生死の糾弾を浴びた同じ人間の温《ぬく》みも
子供と人生たちの未知への驚喜も
どの世界にも浸透する雨風だ
苦悩終える日はただ希望の影を
謳歌すればいい……
あなたは行きたければ行けばいいのだ
さまよえばいい
萠え咲けばいい
ほほえめばいい
そして生きてゆくことだ

呟き

隣というわけじゃないが
機械的な音や脈々たる音が芽吹いている
五月の青雲と陽光が漂泊する上下
戦々恐々……報復の繰り返し
ここに何の時があるか
あそこに何の魂があるか

言える事がひとつだけあるとしたら
この目が、この耳が煩悩を誘い頭は堕する
心が……そして人生にもけりをつけるため
横の扉をぶち壊し、野心をかなぐり捨て
もろい肉体を滅ぼす事にすべてを捧ぐ

魔

流線型、跳ね散り狂う雫、雫
ふんぞり返った灰色の塔
踊り給え、そら！　どんどん、ちゃ、ちゃ
筆舌に尽くし難い、寂莫たる心象観念
計量器具ではどうしようもない
捉えられない……
あの鈍重さ、滑らかな角度、形相！
迅速……一掃すべき塵屑
空気の澱みに肘鉄を、
きびすを返し尻文字を
るるたる行列を飾る臭気と邪気
ちょちょぎる雨を無言の網膜ににじませ
吐くまま息はどこか誰かの鼻の中
ああ、糞、煩わしい
消えてしまえこの下司めらが
愚劣！

どうこく

小さなどうこくを根底にこだまさせ
目はコンクリートを踏んで
小雨降り注ぐ中
呟きじみた歌を口内にて転がし
ひっそりと進む

石の階段を下から見あげ
上ってゆく人達にほほえむ
バス停留所の陰鬱さ
上の人達に告げる言葉は無い……

朝陽

何でもないのなら黙るがいい
煩わしい風景にうつむきで応えるのなら
せめて踏まれるものにほほえもう
何故別れるのだろう
何故出会うのだろう
触れあうことと途切れること
見つめあうこととすれちがうこと
話しあうことと静かなこと
今もこれからもそれはうとましさで
あるかもしれない
皮肉を浴びせかけたくなる類いのものや
抱きしめ寄りそいたいもの
教えてくれる日々と失くした日々が
対峙する時……
死の臥所には朝陽があたるだろう

群盗

渦をまく憎悪が
さきほこる群青が
ときめくさざ波のような
ふるえる雷がわめく

駆け巡る暴徒が
叫びちらす群盗が
からまるくもの巣のような
夢見る日々は終わりを告げた

転がる町をひたすら進むだけ……
殺されゆく人々に捧ぐ花は
もう枯れ果てた……

腐った果実

髪の毛の乱れた額の汗と
7月上旬の蒸し暑い空気を感じ
恐れながら毎日を殺し砕いて生きる
ぬくもる床の熱気に悶え
ほとばしる熱情に嘆き
そしてそこには果実がなっていた
赤色のリンゴであるかのように
その実をむさぼり喰らう
したたる雫に辛酸が含まれていた
落ちて溶けて足跡の轍が
ひたすら目路をわたる

あの雲の下で……

道なき道を越えてゆく
外は風、曇り空……
虹の本当の名は何なのか？
花の本当の名は何なのか？

あの雲の下で
もう一度あの道をゆく
遠い道をゆく
黄昏が消える前に
もう一度あの空に歌う
孤高の空に歌う……

灯し火

枯れ葉だけを
言葉だけを
悲しみを忘れて
遠き春を想い
これはとてつもない喜び
青空、浮かぶ
風がたわむれる
幸せをさがして
近い夏を嫌い
これはかぎりない灯し火

世界を一人で旅する
生きていることを気にせずに
世界を求めて苦悩する
死んでゆくことを受けとめて

青い闇

ビルの陰に佇むゴミ箱が
誰かと重なりあって揺れている
野良犬は叫び夜空は歪み
雑踏は沸騰した絵具みたいに
ぐつぐつと憎悪を彩って

車の吐息は空を漂い汚い月は踊りを踊る
公園をうろつく酔っぱらい
すべての恨みはアルコールに溶け
強姦された女は明日を待ちつづけている

夜はにごり都会の色は青い闇
夜はうすれ都会の波は青い闇

一瞬

そう、まず右の人差し指を
右斜め上にかざし
上から一本の線を引くように
ゆっくりと降ろす
両脇に街路樹があれば
飛ぶ飛行機もカラスもいるでしょうよ
口は閉じてても結構ですよ
目は見開き、森羅万象を宿している
白線がぬられた灰色の道路に
前姿が……いや表裏の姿が佇んで
両腕はだらりと垂れ下がってしまいました
通行人達は、触れあうことなく
通り過ぎゆく……

さよなら戦旗

車輪につぶされた正義
雑草……妖精の巣だった

ピストルを向けた先は物語
ピストルを持つ人間の物語

タンポポと火花が舞う
そよ風にまたがる悲鳴

海に軍艦、地平に歩兵
空に黒雲、地面に死人

わだちの始まりと終わりに
何の種を植えたらよいか?
弾丸から芽はでない
だから、さようなら、さようなら

戦歌

妄想の日々に苦しんで
夢はとぐろを巻き、爆破する
虚無が刺さった胸を見せ
くずのおたけびに耳をすます

闇にこだます狂声
友よ、どうか変わらないでくれ
熱をさまさないで下さい

戦歌を青年よ仮面をはいで
時代の声で歌おう！
偶像にたくした願いをもぎとり
俗人共を不幸者と呼ぼう

飛翔

飛来した鮮明なる命の火
脱出せる後、木の葉の揺らぎ
回想はせず、走っていく
歓喜を記す、大空の色
風にさらされ割れるよろい
壁はなく聞こえるのは羽ばたき
最後に響いた銃声音
近づく地面、遠のく空

着地の後、魂はどこを見ている?

精神

ふう、そっと力を込めて直立不動
世界は魂の墓場、精霊達
一心同体、もしくは運命共同体
とばっちりを覚悟しながらついに進行
空間を満たす命の決死の大行進
口笛に楽譜はいらない
のしのしと敢然であるべきだ
激烈に昇華した才能
見事な成功と暗澹たる結末
自然に語りかけ口唇は乾きつつある
どっと怒りが細胞を手なずけるとき
別れの言葉を一言残し、立ち去った
きっといつかは未来に光が射すと信じて
もう苦しむな

先祖から子孫に流れる血

夜明けを運ぶ夢の終わり
目の前を直視すれば伴う
変化、伸縮、理解
また始まる最小の行動、くつをはき、行け
うんとこらえた後、額をひざに
こすりつけながら……
無数の戦場に響く叫びを聞くのだ
すべての魂に秘められた感情の入口を
発見しろ！　そこに座れば夢想
そこを歩けば精神の超越
感覚を脱ぎ捨て堂々と
これは何て不可解な心
よくぞ教えてくれた！

青少年

若い男が
風を前に立っている……
笑って……
白い歯をみせながら
紙に書いた激情に
戸惑う心
歩き出す直前
ひざが、ガクガクした

赤と黒

湿った季節に咲く植物や
曲がりくねる回路の漂流物も
これからあらゆる災害の中で
固まりゆくだろう

獄舎に送還された囚人に
金網を握りしめ猛り狂う蛮族達が
その生温かい枯渇の囁きを投げかける

雲からこぼれる光明は
点滅し、やがて消えた
涙が眼下に溜まるまで、
その顔は見えやしない
ここはあらゆる世界の最果てだから

森を去る者

ありがとう、足音は落ち葉の中に
小屋に光る小さな窓、老婆の顔
陽光は緑の雲から、根元まで
花まで祝福してくれて
涙は木もれ日
髪は風まかせ
最後の想い出は悲しい声
車輪にこびりつく前途にあるのは茫漠
森が雨を降らせた
乱立する木々を包むように
外套が泳いでいる
隠れる場所はここには無い
許しを乞う必要も無い
だから森を捨てても悔いは無い

おおおお

暗い硝子窓の奥、光が点在する
高層建築物が林立する汚れた道路
唯一の自然と呼べる雑草の色
真っ暗な夜にその緑色は輝く
不解明の人声が流れる雑然とした路上で
孤独な夢は行き場もなくさまよっている

轟音が耳にへばりつくまで
無心のぬけがらは眠りつづける
しなびた眼を水溜まりや
信号機に投げつけ
鼻声混じりの呟きをこぼす

献上の詩歌

誰かに贈る花束とかそんなもんはない
誰かを想って書く詩とか
くだらなくはないが
今は嘆く言葉しかでてこない
足跡と足音を行く先々に染みこませ
家並の奥、線路を滑る電車の音で
すべては、無に帰す気がしてうつむくだけ

いつか嬉しい日々がくればいい
待っているだけじゃどうしようもないけど
書ける詩が素適な浪漫に溢れていればいい
それが偽りではなく、心の悲哀を
おおい隠す術としてでもいい
逆説的な曇った日に見る優しさなのか
その深淵にあるものが何であれ
遠い終着地にある安らぎまで

導いてくれればいい、それに従うだけだ

夏の夏

夏である
梅雨空が拡散する
灰色のねばっこい色がつく
夏真っ盛りだ
雨が虹を創り
岸には無数の雫が飾られ
排気ガスと雑踏の毒気
日焼けした肌と欲望の燃焼
海である
汗である
照りつける太陽に殺される老婆
車の下に入り込む野良猫
木陰で寝そべる若者
大木のこずえにて発狂するせみ
山である
青である

夢である
夏である

雪夜の狂騒行進曲

雪夜にくるまった木々の群れや
冷気に紅らむほおに寄せ合う瞳達
電気に本に少しの食事にそよぐ声
もうろうとした意識とすれ違う夢並
遠すぎる過去と偽りの外観、鼓動音
憂う肌に優しい木もれ陽の光
いつもの様な散歩道
そらはかすんでいる、前は狂騒の町
うしろめたくて安らぎたくて
目をそむけた

日々の会話が天へと昇る水泡なら
重厚なひびきの返事も期待はできない

虫

金網に囲まれた通路に沿って
意味なき発展が路上にうつる
店の旗がなびくそばで
風の味をかみしめる蝿
丸く形づけられた植木の花に虫がとまってる
工事の音、エンジンの音、足音
虫にも花にも秘密あり
宇宙の声を聞かせてやろう
その淡い桃色で太陽を燃やしている
めしべとおしべの銀河
虫よお前はどこにいるのか
地球は青くみえるけれど
お前は何色にみえるのか?
くだらない人間を笑っているな
この醜き街にとまる虫よ……

季節のある所

心の液体で溶かされた言葉に
言いたいのだ、もうすさんだと……
商店街の温もりは孤独を吸ってくれる
でもそこで止まる事はできない

色彩豊かな魚の泳ぐ川に季節はなく
影に降り積もる雪に心はひえてゆく
子守歌が聴きたい
犬でもよい、猫でもよい

餓鬼が歩く、ただただひたすらに
明日消えるのを、わかっていて……

あの魚は夏の色、あの魚は冬の色
あの魚は秋の色、あの魚は春の色

怒号

彼方の鼓動を感じる所
生き物の声かい？　揺れる雲の歌かい？
家の中には誰もいない
列車に乗りこむ人形たち
腐り果てた単なる加工品
殺された生命
殺された世界
殺された大地
波打つ叫び、人々の営み、偽善の支配下
金で装った人格に魂を売る
弾雨を浴びた群衆、破壊された列車の瓦礫
狂気、肉片、飛翔、終焉
奇跡を信じるな、希望を唾棄するタカ派
追いつめられた権力者、夢亡き跡
生き残るのは闇の住人

無気力

紺碧！　性急なまでに老いる夢
虹を求む臭い布団の中
飛来する日光に昇華する菌共、　さよなら
窓の奥、　一般市民の日常風景
惰眠をむさぼる鎖巻きつく足
この右手で性器をいじくり
両目が支配する憧憬の未知なるもの
唾棄すべき空想より
現実の悪をひたすら咀嚼し
脳内にて産ぶ声あげる苦悩の交響曲
そら卑屈、　阻喪、　臆病、　煩悶ときた
そして……脱力

天命を下せ、　この日々に終わりがくるなら
喜んでこの糞命を投げ捨てよう
普通に生きることに恵まれず

勇者たる殉教者を怖れ
今、この心に巣くうのは
堕落と欲望と無気力だけだ！

窓際

海が見える……
黄金の太陽が階段をおりてゆく
星によりそう夜空は宇宙のよう
あの流星にあいさつはいらない
空が見える……
雲の化け物が大空にすがり
傷から旋律がしたたり落ちてくる
あの斜陽にあいさつはいらない
旗をかかげる兵士、行進のみ
列車と颪の中、したためた詩
山に落ちた陽の粉、老婆が抱く子
蒼白と幻想と共に眠りにつく
人よ謳え、ひたすら謳え
ああ万歳！　ああ万歳！
街が見える……
おぞましい建物共が、轍無き道をさまよう

狂った人屑の墓標のよう
あの足跡にあいさつはいらない

冷めた時代のかなしい人間

電燈の下でうずくまって
無関心な日常に身を託した
路上を行き交う二足歩行者達の
影に怯えたまま
店の駐車場にて無益な人生を笑う若造の群
世間の常識とは偽善を育て
感性を腐らせるだけ
君はこの道の先端がわかるか？
周囲の絶望的な冷静さに怒りを感じるか？
この冷めきった時代のかなしい人間達よ
冷たい無為と共にこの社会を転がろう
偽善を楯に狡猾者を演じよう
何もかもが行き詰まった退屈な時と暗鬱を
堕落と無知と愚劣でもって楽しもう
冷めた時代のかなしい人間からの
軽いあいさつさ、こんにちは、よろしくな

ごくろうさん

舌の裏のごりごりとした感触の様な
千鳥足でふらつく道標のない通路
お日様が炎上しつづける限り
全身の苦痛に終わりはこない

大きく強い風に押し倒されて
降り落ちる大雨に殴られて
荒れ叫ぶ荒波に飲み込まれて
崩れ散るガレキに潰されて
走りくる車にはねられて
猛り狂う火山におどされて
情のない人間に殺されて
あふれ返る群衆にはじかれて

今日も、ごくろうさん

人生

世界の中で心を不滅にする事
穹窿が張りめぐらされた破片の上
拳におさまる刹那の景色
漂う目に見るほこりの轍
立ち上がって再び歩くだけ
倦怠に卑怯者にされる時もある
憂愁を親友に夜を共にすごす日々

それでもただ生きていくだけだ
何度も、何度も生きていくだけだ
それで、終わりだよ！

混沌

混沌をたずさえて走りゆく道
四方に群がる無味乾燥なゴミ
上は曇りぞら　うつむいたら黒い分身
傷だらけの道をなでてゆく

絶望をたずさえて歩きだす道
無辺に広がる魑魅魍魎たる膿
上は曇りぞら　うつむいたら黒い分身
傷だらけの道をなでてゆく

すべてを捨てて終わりにした
これから先はもうどうなるかわからない
すべてを捨てて終わりにした
これから先はもうどうなるかわからない

歌うことそれすべて別れの途上にて

首筋に伝わる冷風を気にもとめないで
もうこの日々に墓標を捧げ
新しい扉を開けなけりゃ駄目だ
裏切りをかまされ
拒否の無残さを知り
青春を機械でつぶし
もう誰もかれも信用する必要はない
みんな敵だなんて言いたくはないけど
この孤独さだけが唯一の味方だ
誰の胸にも響かない言葉
誰の耳にも入らない言葉
難しい事は何一つ言ってないのに
広がる地平線の方がみんな怖いらしい
歌をつくって歌うよ……
やれる事はそれしかない
歌をつくって歌うよ

やりたい事はそれしかない

青春

その背中に語りかけるのは
無言の眼差し
君が階段を上ってゆくのを
見ないふりをする
下りてゆくぼやけた人達は
美しくもある
灰色の街よ、さようなら
逃亡の空よ、さようなら

さぁ、声を沈ませ目で歌おうか
すれ違うとき、見つめるは下半身
今日こそ、すべてを告げよう
君を、困らせよう
それが、人生だ

鳥

大きな海と、船を見てきた鳥が
あの子供の胸をかすめ
今、地に降りた
つばさを広げたままねころんで
青い草原にあこがれる
うつろなビルと、廃墟にもだえ
鳥は、今、死んだ

警告の強雨

この世に幾兆の雨が降っても
犬は濡れても人は傘をさす
この世に無限の悲しみがあっても
そんなこと気にして生きてはいけない
絶叫している……
苦しみながら泣いている
悶絶している……
消すことのできぬ不安感に襲われ
どこの国で戦争があっても
どこの国が勝敗をわけても
誰がかの人の憎しみをぬぐえる？
誰がかの人の孤独をあたためる？

この世に幾兆の時が去っても
君は死んでも星は果てをゆく
この世に無限の喜びがあっても

そんなこと気にして生きてはいけない
辛抱している……
おののきながら耐えている
沈黙している……
見ることのできぬ疎外感に見舞われ

彷徨

その彷徨の意味を辞書に求めちゃいけない
顔にしわが刻まれゆくことや
髪が抜け落ち舞うこと……
意味も解答もなく、心臓が止まる事もある
通りすがりの人に包丁で刺される事もある
原因不明の病に狂わされる事もあるのだ
その家は焼けおちるのが最後の答え
その人は土に埋まるのが最後の答え
自然は四方八方に血脈をのぞかせるが
悠々とのさばる人工物が幻覚を植える
でもいつかすべて滅びるのだ

いつか生まれ変わるんだ
いつか春がくるのだ
いつか忘れさられるのだ

にわか雨

青黒い雷鳴がねじくれるお空の眼下
自転車で飛んでゆく濡れた歩道
車が走るのを横目で確認しながら
未だ薄ら笑いが消えさらない
奴は孤独だ
奴は横暴だ
奴は愚鈍だ
あんたに渡す手紙は価値なき汚物
全人類の苦悶が書きつらねてある
その屑以下のゴミに同情するもしないも
あんたの自由だ
今は全身びしょ濡れで頭が痛い
酸性雨だろうと、血の雨だろうと
あんたが流す涙には誰も気づかない
さて、そろそろ寝るか……

夏（妄想）

7月に夏が降るなら遠い地平まで
白い列車が行くのだ……
スズムシも羽を止め雨上がりの
頭上にて詩を奏でる
もっと夢におぼれるよう
いつかは青く緑の原っぱに
そこを群なす風が吹き走ればいいと思う

日射しの幻が眩しい海を泳ぐ
船は宝か？　海賊か？　黒い波を背に
相当に無理して飛んでるあの鳥めが
渡っても、渡ってもこえられぬ虹の下で
一粒の雫を吐きだした……
それには赤い血がついていた

ここが大地の果てか？

夏の果てか？

闇

どこまでもつづく苦しい寂しい道で
存在《じぶん》を叫んで朽ち果てる闇に歌う人
鉄道のこだまを背中にて記し
前もうしろも遠い光の外
時のない声が……
放埓無様な見下げ果てた街で
存在を刻んで自虐に身をとぐ人
概念の仮面で目も心も曇り
前もうしろも遠い世界の影
答えなきまばらな不変の日々
冷たい雨や風の声、この街で今息を殺す
みんな歩いてる
みんな落とし穴はさけている

遙か彼方にある光に向かって
心から声をあげて叫べ

水平線と空が逆になってそして
太陽さえも壊れた!!

存在の証明

のびた影の頭の先には十字路
熱帯雨林はない
足元にあるのは道の破片
山は見えない、海も見えない
別の人種もいない
横断歩道の近く、人がよく通る所
時計台の下に、大きな蛙が一匹
愉快な気分
異国へは行かない
列車は通りすぎるだけ
飛行機はただの飾り

歩いても歩いても近づけば遠のくものあり
吐息が見えずとも足跡が彫られずとも
存在の証明はへばりついて
離れない影なのだ

夢の無い男

夢の無い男なら、いいじゃないか
この腐ったお家を出ていったって
お前はもう骨と肉だ

夢の無い男なら、いいじゃないか
誰もお前など見てはいない
その顔はもう仮面も同然
金に追われも、追いもせず
気づいた時には
もう死んでいた……
最高だ!!

夢の無い男だろ、お前は……

みんなこの詩をよんでくれ

見てくれ暁を
黒いものを白い目で見てくれ
花のかおりで大地の味を知り
人を人と呼ばず
動物の名をすべて消しさって
宇宙の隣に民家を並べ、木を植えよう
そして結局はすべてに
名なんかない事に気がつく
狭い両手の幅に北極と南極をおさめる
短い両足の幅に大海原をおさめる

一人歩き、三人歩き、千人歩き
一人歩き、五人歩き、億人歩き

見てくれあれは何だ?
これもそれも何だ?

片手で立って左足で浮いて
右目で転がり、尻で跳ね飛ぶ
朝に昼に晩？
生まれた意味もわからぬくせに
働き者になれなんて、それもまた無意味
怠け者！　堕落、放縦！
何をやったって鼓動はいつか止まる
だからその前に

見たい緑がある、見たい底がある
見たい夢がある、見たい線がある
見たい壁がある、見たい生がある
見たい国がある、見たい間がある

静寂の中、こだます叫びのような

手拍子をとって、リズミカルに
進行する陰影にさらわれる事のないように
固まって、冷たい空気の塊りが
暗黒の駅の中を跳ね躍っても
耳を塞がず、鳥肌も気にしないでじっと
立ち止まっていよう
目に光をぬった電車が超特急で参上し
ドアにひしめく疲弊しきった人肉達が
激震音を響かせ、階段を踏みつけ
やっとの思いで家路をひっつかむ
静かだ……レイプされた女の様な
広告誌や新聞紙やボロボロの雑誌類が
どこから吹いてくるかわからぬ風の息に
髪をなびかせる……
この静寂の空間なら蟻の内緒話でも
聞こえそうだ

片足をあげて……
そら勢いをつけて下にたたき落とせ
無音もびっくり目をさまして
あわてて反響ののろしをあげた

さあ次は思いっきり声をあげよう
わあああああああああ
どかあああああああん
ぎゃがばらぐしゃどこぱらげああい
トンネルの奥まで大声よ染み渡れ
これが音だと
わかったかい?

1ページめ

玄関口が吐きだす光に酔う虫
12345階
夜が接近すれば、こうもりが空をひっかく
ここは1階、光は澱み
部屋には働き者がいる
夜にきらめく多様な螢は人間を灯し
照らしだされた顔は内面的にも外面的にも
無味乾燥、無味無臭
見下ろせば下、見上げれば上
右向け右、左向け左
そして機械を操って生きてゆく
熱気球に乗り、洪水がなぎ倒す
家や木をながめ
あふれかえる人だかりに手を差しのべる
右手に五百万人、左手に二億人
世界にちらばる民よ、さようなら

今は布団にねそべり憂鬱なる明日を待って
バイクが走る音を聞いている

敵

薄汚れた音、交わす視線の先は虚無の跡
物体が流れ去る、雨上がりの夜空の下
鈍い感覚が
ぬけがらさながらの肉体を笑う
欲望にじむ人間の営み
眼前も心奥さえも腐った金の支配下
あの清らかな手はどこへ
あの無邪気な笑顔はどこへ
敵に匕首を、その身に目に、精神に
閉ざされた口は同胞たる分身
無言の罵倒を！　敵意みなぎる沈黙の挽歌を！
敵に死が舞い降りるなら
敵の血が枯れ果てるなら
この世の最後さえも
拍手でもって讃えよう

歌

この春の風に名をつけようとは思いません
路傍に咲く花に、陽が話しかけて
あらゆる窓にその光景がうつされています
足は東西南北、渡ってゆきます
季節を操る、かの命
寂寥たる部屋の音
今、宇宙を飛び跳ねています
このまま、ずっと、ずっと

伝染病

こんなにも多くの人間が
無意識に動き
反映された繁栄は闇世に捧ぐ豆電球
雷一筋の嵐、不安定な微々たる命
巨視的に未来をその目でとらえ
かすかな一歩を植えつけろ

これ以上何を言う事ができるのだ！
もういつもいつも落ち込む結果なのに
どうしようもなくついてくる伝染病

この魂は誰のものでもないのに!!

地獄

獄！　獄！
強さと弱さの内に
今、光芒に突き刺され
右足を、ぐいいいいっと前にのばす
頭の中で妄想と歓喜と悲観の嵐が
小躍りしながら脳をたたきのめす

両の手を、ぱしいいいいんと鳴らすだけで
結局は何も変わらない

食べまくればいい腹が張るまで
明滅する電灯下の肉塊ひとつ
苦悩に脱力すればいい
欲望が沈澱する

夜の駅

信号機の色が雨の雫と混じり
あの爆発的なもやのすき間から
無限の不安が思考のとばりで
夜をうつろにする

したたる風雨が遊ぶ駅
貨物列車が通過すると
髪が乱舞する
ベンチに座る女の横顔不気味すぎるほど
意味不明だった

帰郷

帰ろうと思うどこか遠くへ
見上げる空も、見下ろす砂もないけれど
帰ろうと思う、どこか遠くへ
夢見る部屋も、嘆く廃墟もないけれど

右ポッケに入るわずかな小銭
汗ばんだ手の中で無味乾燥に躍ってる

帰ろうと思うどこか遠くへ
見上げる鳥も、見下ろす海もないけれど
帰ろうと思う、どこか遠くへ
眠れる床も、わめく荒野もないけれど

工場労働者

霧が街灯の光を浴びた、湿った五月の夜に
工場が一日中動いて
意味なき愚物を製造している
躍る機械はまずい匂いを発し
耳を壊す騒音、痛い足を引っぱる廊下
水が飲みたい……
すっかり縮んでしまった爺さんは
この工場に、四肢も脳も釘付けにされ
胸糞悪い機械と十時間も付き合えば
金は手に入るし、生きてゆけるだろう
顔は腐って見える
苦しくて寂しい孤独のまなざし
駄目な悪い頭を首に結びここを出てゆく
この街もこの家も、歩け、歩け
金はないが
出て行け……　出て行け

幻覚

掌の中のチョコレイトは崩壊した
それは夏のあつさのせいだ
白い光の中のひとつの景観
耳をつんざくセミの合唱
それらはこの檻の中の空想にすぎない
子供らがボールを蹴って遊ぶ
乱雑な詩が飛びちっている
冷水は汗をかきかきぬるくなる
緑の草木は互いに尊重しあい
花が歌う空への讃美歌
あいつは夏の灯に心を閉ざしているのに

真実

産まれてすぐ死ぬ赤ん坊もいる
何ともなし、先の見えない苦しみで
自殺する人も
これから人生が開けるという時に
不慮の事故にあい死ぬ人も
家で待ってくれている人が、どこかの強盗に
殺されたり
夢がかき消え、心からの想いを届けた人に
拒絶され、命を削り、養うべき子や
肉体保存の為、捧げた人生の
より所に見放され
駅に路地裏、繁華街の冷風にくるまり
死んだルンペンも
精神に見切りをつけ空しい欲におぼれて
死んだバカも
ある寂しい孤独な影に襲われ

魂を失った人も
希望とか夢想とかの前に
絶望を味わう若者がいたり
誰を殺すとか、動物を殺すとか
景色を殺すとか……
それよりも人間が最も下劣な汚物に
なれる事を、なってる事を知ろう
知恵や思想も経験もいいけど
外面と内面を結ぶ真理だけでもいい
世の中の暗いところばかりに目がいったり
根本を求め崇め現実に傷つくが故
人間をさんざ軽蔑罵倒したり
何もかも気にせず今日だけを楽しみ
生きる人……
嫌な奴が仕事場、学校や、家にいたり
気のあわない人と一緒にいるほどの
苦痛もそうない
目的っていったってやりたい事が

ないのだから仕方がない
それでも生きていく事に縛られるから
働くしかない
その内、長い長いその内
これで良かったと思える日が来るって？
説明する必要も、待ったりする必要も
ないかもしれないけど
誰がどたまを銃でふき飛ばされ
誰が炎で焼かれたり、誰が苦汁をなめたり
誰がナイフで刺されたり、撃たれたり
爆弾でこっぱみじんにされる
命があることを……
そしてそれらを実行してしまう
人間を知ることに
これからも怖れなければならないし
これからも傷つかなければならないし
これからも戦っていかなければならないし
これからも耐えていかなければならない

敗北の言葉

夢と影、この言葉のささやかな想い
嫌悪に染まる影、そして夢
むなしい人生を生きるのか？
あなたに影を贈ろう背後から……
心など目にはうつらぬ夢のかけら
震える体に明日への壁、それは傷なのだ
熱情は雨を伴う蒸気の傍ら永遠に浮遊する
遠のく想い、灰色空にすがる雲路を漂い
うなだれうなだれる風の如く
ひたすらに歩む忘却への道
うすれゆく光に気づかない馬鹿が
乱舞する都会の陰影
ほころんだ夢に絶望、渇望、失望、滅亡
つくろう術を失った

春

風香る季節は春の詩、想い
せせらぎ囁くまどろみに
飾る桃色ほおに触れ
酒を交わす友もなく
あの日の歌も歌えずに
桜の木の下孤独な人
遠き家路に別れを告げた
夢は輝く光の中で、永遠の眠りに沈みゆく
踊る陽炎空に舞い、そして春は流れた
消えゆく桜に酔いもさめ
春風吹けば夏は近し
愚かな雨は虹をぬらし
台風に舞う、夏の空
春から夏へ、忘れ去る様に、別れる様に
またひとつ大人になるのか?
春から夏へ、忘れ去る様に、別れる様に

またひとつ子供を捨てるのか？

春夏秋冬

あなたのお国は大きいかもしれない
でもあなたの住む家の大きさは
どこの国でもありますよ、めずらしかない
その広い大地を目にしたって
地平線の果てには水平線がある
足跡の深さも比べるほどの事でもない
時空にこびりつく真実の匂いは
誰にもわからない
同じ脳で、同じ目で、同じ指で
夢を誰にでも届けられる
そいつは自分自身で、自分自身で

雨が降って夕日が広がり夜が来て
朝が舞い星が消え、白い月が浮かび
飛行機が飛び、電車が走り、人が進み
雲は抱きあい別れ、花は揺れ道は長く

山は色づき、海は波立ち、風は転がり
車は動き、動物はちらばり
ゴミはあふれかえる
機械は壊れ、国は盛え衰え
生は死へとつづき、宇宙と化す

またその顔にさようなら
またその顔によろしくと

ああ、春夏秋冬

脱出

情熱を持つことさえ億劫になり
生活の腐敗物の内、夢は臆病のとりこ
激烈なる力を身につけたい
鋭敏なる言葉を吐きだしたい

例えようもない衝撃に戦慄するほど
この魂を無垢な風にさらしたい
自殺する勇気も立ち向かう勇気も
ないのなら、犯罪者になるしかない！

泥土から、はいあがったら
この身体を大気にさらそう
黒ずんだ虚ろな目は涙であらおう
四肢が触れるまま、導くまま
魂の感受と飛行は奇跡さえも超越する

感嘆と狂気におぼれては
普遍の神秘に身を捧ぐ
そこに孤独部屋があった
尊く切ない隔たりがあった……

出勤

9時の夜が回転している
遊ぼうと呼ぶ田んぼの蛙が
ビルの角に頭をぶっつけた日
堕ちるところまで堕ちて
堕落にまたがってしまおう
人があふれでる様な場所
背後の影が溶け混ざり
巨大な迷路になるのなら
迷子は永遠にたえない
傘ばかりが地図にのったから
地上は円盤だらけ
花模様に縞模様
足が悪くてカクカク歩くサラリーマン
傘さしながら笑ってた、まあいいか
ドブのふたをバコバコ鳴らし
星の光と自販機の光

ぶつぶつぶつぶつぶつぶつぶつ

風と少年

風を求めた少年は小さな瞳で大地を創り
走りつづけた、時が消えるまで
夜が明けるまで……
足跡と足音の間に絶え間のない自由が
存在した、時代が終わる度に、夢は重なり
いつかひとつの夢が少年の
手錠をはずすだろう、
風が吹き、雨が踊った……
忘れてしまいたい日もあるけれど
ひとつひとつの部屋には
泣いている少年がいる
嵐の様な人生は嫌いだけど
風みたいな人生は好きだ
少年はそう言った……
風が止んで太陽が笑えば虹が飛びだした
言葉や身体と共に少年は命を背負った

自殺

善人の魂は不穏の成長にむしばまれ
誘惑にあらがう術を得ず
弱者と凡俗の囁きを記憶し
純真たる精神の墓場を
肉欲はびこる臥所に定めた

殺してくれ！　と何度も叫び
無情なる無常に心は臆し
漂う我利我利亡者は
絶望の果てに首をつった……

道

道……動く人々に混じり
物音や足音を耳にねじ込み
遠く近く四方にちらばる虚無の念
自動的に運ばれるこの路上の波にて
揺らり揺られ汚い風に目が赤くなる
道……騒ぐ道に憂う道に馬鹿の道
点描、頭の数、どぎつい肢体
放物線、死線に吹く声
煙が舞い踊る、立って歩いて乗って眠る
すすまみれの空にひびくくつ音
飛行機が飛んでゆく
足波は高く、希望は飲みこまれる運命
でも運命なんてない
生命はただのひとつの映像なのだ
燃えあがって空気になるだけ
道……端っこと真ん中、先頭を避ける

合図はまばたき、口の動きは無視しろ
彼方は暗く冷たい、その方角は右だ
左の彼方もこれまた苦く、重苦しい
一本しかないこの道は、道へとつづく
快楽も恐怖もたっぷり味わおう

もう道は行かん
歩く道がないのなら
もう道は行かん
背く道もないのなら
もう道は行かん

悲しみ

人間の悲しみは、その欲にある気がする
その醜さにあると思う
動物や自然の前にさらけ出す醜さが
人間に宿り、人間を彩る
悲しみなのだと思う

人間の悲しみは、その笑顔にある気がする
その健気さにあると思う
どんな傷も心の卑屈さも殺して笑える顔が
人間に宿り、人間を彩る
悲しみなのだと思う

人間の悲しみは、その夢にある気がする
その精神にあると思う
儚い希望や誘惑なき真理を求む人生が
人間に宿り、人間を彩る

悲しみなのだと思う

自由……

お前のすべてを何に例えたとしても
未来も過去もない異空間の断片で
ただじたばたもがく
流浪の映像にすぎなく
その言動、行動、思惟につながる
迷いも、霊感も、最終的には
土、空、草、かの星であったと
信じてもいい

ほーほーほーほー
海のまま、山のまま
世界なり
ほーほーほーほー
今のまま、気のまま
自由なり

怒り

光り輝く色彩が濁った民家をぬらした
一羽のすずめが跳ね羽ばたき
不格好な道路の植木にバイクの煙がしみる
左目の左奥にて電車がつっぱしり
電線づたいにカラスが急降下！

人生に対して受け身になれば
傷つけられ、馬鹿にされ
さんざん痛めつけられる
その暴虐に対してうずくまるだけなら
半端な優しさと親切を得る事になるだろう

答えは殴り返すこと
人生という悪魔めがけて唾を吐き飛ばし
極端さは純粋なる道、孤独なる夢想
崇高なる精神、もういい、もういい

酒に酔った状態で書いた詩

ああああ、体の内臓が祭りに参加し
生き物どもが粉飾された架空の村にて
足を上下左右に、頭をぐらつかせ
手は角度を従僕にする

鼻毛のところどころにひっからまる
人間の産物に、表示はいらない
国名は日本で、君達は愚昧な日本人だ
けつの穴に生え茂るけつ毛は語る……
流れしぼり出す排泄物みたいに
あなた方も全体を見渡し、悟れと
この血管の運動も、皮膚の紆余曲折も
すべての物語の完結編さながら
あっさりと、塩味も甘味も謎も残さず
嘘か真か、それだけを
おのおのの脳髄に彫り刻むのだ

朽ち枯れて、流れ去る。それでいいとね

牢獄

床をはう空虚な足音も
先のない洞窟の闇にのまれ
みじめな幻想みたいに
歪んだ影は冷たい現実を示す
雨露、喧騒、暴力を区切る厚い壁の手前
狂わぬ鼓動にひそむ痙攣さいなむ囚人
言葉を刻み、目を伏せ
耳を閉ざし、思考にただよう
腐りゆく体を晴天で清めるも
欲望で踊らすも、癒えぬ傷に
刃を突き刺すもそれは進路だ
土が、悪が呼んでいる、振り向く先は
多種多様な墓場、埋もれた身を包むのは
敗北の汚物か、それとも勝利の光か……
ただ前も後ろもあるのは、変化のない
対象物、感覚は倦み、手足は枯れ

世界もまた、埒外

果てと壁、広い大地、自己

ふと気づいたら立ち止まっていた
頭上の雲の行方を固唾を呑んで
見届けていた……
あらゆる煩悩を無視してじっと無心に
無限の命をたたえたこの地は
どこまでつづくのか
確かな一塊の血がこの空の下で
流れ受け継がれてゆく
この風が以前誰の人生を通ってきたかは
知らない、まあそんな事は
どうでもいい事だ、やはり果てはある
いつか気づくのか……
いずれどこかで曲がるはめになるだろう
あの雲もぐるぐると廻っているだけ、
そう……だけ
そしてこれからも歩いてゆく

その度に幾度立ち止まるのだろう
果てや壁は生まれては消えて
前後左右上下は無くなる
どこを見つめるのもすべては心次第
でも雲は消えてしまった
壁だらけのこんな世で
自由を願うのは、間違ってるのかい?
執念はあるのかい?
あるなら、涙をぬぐえよ……

花

自尊心が眼下に続く放浪を
絶えず勇気づけたなら
小さな町も、小さな霊苑も
陽にやけた小さな子供達も
瞳や精神が舞う彼方までもが
花粉みたいな霊感を運ぶ、虫となるだろう

若さに実る情熱や憂悶という花は
雨雲もいらねば快晴もいらない
ただめくり破る日々に裁かれ
枯れていくんだ……

今を彩る線路上にて青春などと呟き
描き殴る自画を再度、創り変える

片道切符

ロケット発射でドレミ
夢のむくろは飛んでいく
明日無き空想を届けに
死にゆく人生にまたがり
胃薬を水に溶かしてフライパンにたらし
電話番号に刻んだ空間の日々
歌よ鳴り響け、大地から青い雲にまで
帽子を投げすてさあ生きよう
怒号の様な音と扉が閉じて
運命のない道を真っ白になって歩く
漂うビニール袋が警官を無視しても
轍はあの階段と手をつなぐんだから
名前の彫られた鉛筆で闇を描いてる人
数字に操られてやせていく国
脳への手紙すら読めない
老いも若きも等身大

彼岸

あの太陽は讃歌なのに
虫や鳥はいつも歌ってくれているのに
緑の草木は優しい無垢であれよと歌うのに
雨は思索と沈黙をくれるし
虹は、街をまたぐし
だから心は生きていなければ意味がない
この目で仰ぐ時
そう、見たいものを見るのだ

あの灯台は聾啞なのに
夢や家はいつも誘ってくれているのに
隣の地獄は悲しい声で落ちぶれろとほざくのに
金は愚劣と倒錯をくれるし
橋は未だ未完だし……
いつも心は生きていなければ意味がない
この目で渡る時

そう、周りは無の空間
手が届くというより、この心だけがすべて

光と影

神経から響きが伝わるだろう
台風の風雨が少しかすめた空に
Tシャツの雫の染みが呼応するだろう
右目に人間が立っているなら
左目に深遠が広がっているだろう
もう今日の残りは睡眠で
消してしまうかもしれない

くつをぬぎすてた裸足には何の意味も無い
水溜まりの波紋で歪む面に笑顔は無い
これから言う事は昨日までの言葉じゃ無い

傷つくかもしれない
怖れるかもしれない
でも、もうこれからの人生は
今までとは違う、それは確かだ

憂鬱からかげりがのぞくだろう
鮮明な記憶がいつか敵になる時に
あの頃の苦悶が旗を振って参戦するだろう
右手で根っこをひっこ抜いたら
左手は枯枝をさすっているだろう
そう、いつの日か
終わりと始まりがやってくるから

倦みつかれたこの不安には何の意味も無い
光と影にやつれた日々も遠い昔に思い
これから言う事は昨日までの言葉じゃ無い

震えるかもしれない
泣きだすかもしれない
でも、もうこれからの人生は
今までとは違う、それは確かだ

飛行船

飛行船が空を飛び交い今日も青い空
ねずみは我が家に別れを告げた
街角ではギターの音色が華やかに流れ
雑踏の波は静けさに満ち
淡い風と踊る花びらの色彩は
陽光を抱きしめた！
遠い旅に夢を託し目指すは荘厳なる水平線
生まれたての心に響く足音を
未知なる未来に向け放つ
雨が降ってきた……街を飛びだし
傘もささずにねずみは雫を引き連れ
駆けぬけた

暗闇垂れる夜の底
星の光は子守歌
霧が舞う朝に溶け込む鐘の音に

夢は覚め、冷えた身体、精霊の泣き声
故郷を懐かしみ一人怯え、震え、青ざめて

口笛を吹けば自由と勇気と太陽が咲いた
ねずみは再びステップを踏み
幼い影は、歩きだした

陽

陽が全体に、こびりついてた
坂道だけじゃなく、家も木も蜂も
すべてが目の中、足跡は音となり
出会いは、人生になる
通りすぎる、自転車

風
人
雲
路

この言葉を置いてゆく
臆病も疑心も、情熱も
周囲の景色が植えつけ
頭からつま先までが
前途の道標みたい

秋
足

家
神
この言葉を拾うも軽蔑するも
好きにしてほしい

名もない場所に拒否されて
名もない夢にうなされて
さよならも告げずに
独り、傷ついて、耐えてゆくよ

日
鬱
時
糧
草
森
坂
夢

駅前駐輪場

自転車に乗ってくる客が、
あんたにこう言ってらあ
「おはようございます」って
そして五十ＣＣの単車に乗ってくる客に、
あんたはこう言ってらあ
「くそったれ」って
一人、元気の良いあんちゃんが、
どうすることもできない煩わしさを飲みこんで、
単車の縦横無尽を、片手で支配する
覇気無き少年はじっと一人でつっ立って
そのすべての後ろ姿を眺めてこう言ってらあ
「元気ですね」って
おっちゃんもおばちゃんもねえちゃんも、
みんなしょぼくれた小銭をぶらさげて、
荒れ狂う駅の中へ、すいこまれてゆく
静けさと共に放り投げたおつかれ様ですって言葉は、

駐輪場の門に　挟み潰された！

旅

この店の窓から見える通りをゆく風は
遠い南米アルゼンチンの風と
光のフランスを吹きぬける風と
味わいと匂いは違えども
躍動する皮膚を伝う感触は同じだろう
体と寄り添う机に置かれた珈琲に映る
のぞきこむ瞳に滲む、涙の味も
暗いドイツと緑のアイルランドの
金髪の少年の涙の味も同じかもしれない
かの戦争の地で、血と共に死んだ
黒い布に包まれた、尼僧が仰ぎ見た
朝のお月様は、中国の汚れた路地裏の
落書きの下でうずくまる老人も見たはずだ
この珈琲はまずかったが
鼻歌の旋律だけは肉付きよく
自由に羽ばたいていった……

料金受取人払

新宿局承認

2827

差出有効期間
平成18年11月
30日まで
（切手不要）

郵便はがき

160-8791

843

東京都新宿区新宿1－10－1

（株）文芸社

ご愛読者カード係 行

ふりがな お名前				明治 大正 昭和 平成	年生 歳
ふりがな ご住所	□□□-□□□□				性別 男・女
お電話 番 号	（書籍ご注文の際に必要です）	ご職業			
E-mail					
書 名					
お買上 書 店	都道 府県 市区 郡	書店名	書店		
		ご購入日	年 月 日		

本書をお買い求めになった動機は?
1. 書店店頭で見て 2. 知人にすすめられて 3. ホームページを見て
4. 広告、記事（新聞、雑誌、ポスター等）を見て （新聞、雑誌名 ）

上の質問に 1. と答えられた方でご購入の決め手となったのは?
1. タイトル 2. 著者 3. 内容 4. カバーデザイン 5. 帯 6. その他（ ）

ご購読雑誌（複数可）	ご購読新聞 新聞

文芸社の本をお買い求めいただき誠にありがとうございます。この愛読者カードは今後の小社出版の企画及びイベント等の資料として役立たせていただきます。

本書についてのご意見、ご感想をお聞かせください。 ①内容について
②カバー、タイトル、帯について
小社、及び小社刊行物に対するご意見、ご感想をお聞かせください。
最近読んでおもしろかった本やこれから読んでみたい本をお教えください。
今後、とりあげてほしいテーマや最近興味を持ったニュースをお教えください。
ご自分の研究成果やお考えを出版してみたいというお気持ちはありますか。 ある　　ない　　内容・テーマ（　　　　　　　　　　）
「ある」場合、小社から出版のご案内を希望されますか。 する　　しない

ご協力ありがとうございました。

※お寄せいただいたご意見、ご感想は新聞広告等で匿名にて使わせていただくことがあります。

ご注文書名	冊数	ご注文書名	冊数

天井の電灯の下がにぎわいだす頃
店の扉を開け、
人の枯葉が狂喜乱舞する中を
かの厳冬の街、モスクワの街路を渡る
悪童と同じ足音で
かの熱きアフリカの聖黒の士の魂との
共鳴を信じ
無造作に、無秩序に、無表情で行くのだ

出口

暗い暗鬱な出口の前で、
片手を冷えた鉄壁に
うつむけば口をひきつらして
まぶたの中で涙が泳いだ
移ろうままに任せておけばいい
身にしみてわかる事は、
ただ辛い苦しみがあるだけ
変節漢をまとった開き直りの飲んだくれが
真下の影を踏みにじって流れと化す
こういう風になっていく……
斜め右下に空き缶や吸いがらが
斜め左下に汚い雑誌と水溜まりが

あっちの方へ行こうよ
そっちの方も行こうよ
どっちへ行くも同じだよ

著者プロフィール
梶原 遼（かじわら りょう）
1983年11月21日生まれ。大分県出身。
血液型：A型。

かかしの詩

2005年2月15日　初版第1刷発行

著　者　梶原 遼
発行者　瓜谷 綱延
発行所　株式会社文芸社
〒160-0022　東京都新宿区新宿1－10－1
電話　03-5369-3060（編集）
03-5369-2299（販売）

印刷所　株式会社平河工業社

ISBN4-8355-8653-0